Jahre lang, lang is her....
SONNEN-SYMBOL
Erbmassiges
HAUSHERRNZEIT
1895
SPORT
GT
1912
Reales
1973...
MARX
FUNKTIONALISTEN
1920
Vergiftete
Taube
73

De faschiamaschin

Gedichte von Georg Strnadt

Mit Zeichnungen
von Wilfried Zeller-Zellenberg

J&V

Jugend und Volk Wien München

ISBN 3-7141-6083-3 Jugend und Volk Wien
ISBN 3-8113-6083-3 Jugend und Volk München

1014 Wien, Tiefer Graben 7–9

Druck: Leykam AG, Graz

Meiner lieben Frau

De faschiamaschin

Des hian is a faschiamaschin
den kumt nix eine – is nix drin
is des – wost eineschtopfst – fakeat
is des wos aussakumt – nix weat
füllst de maschin mid bledsinn au
daun is am endprodukt nix drau
brokst da ins hian rosinan ei
wiads nua a zacha dodschn sei
und schtana – de des hian ned mog
zabrechns und di trifft da schlog
wea owa sogt da – wos is schlecht
wos is fadraad – und wos is echt?
a auntwuat wiad da schwea wea sogn
du kaunst di hextns söwa frogn
fuarausgsezt – daß das ealich manst
und ned dei gaunzes lebm fadraamst

BLA
BLA
BLA
BLA
BLA
BLA
BLA
BLA

Unsa lebm – des hod zwa seitn

Jedes obm des hod sei untn
jedes hintn hod sei fuan
zeascht fahetschld – wiast boid gschundn
bist foi freid – es foigt da zuan
schwimmst in göd – wiast nebm de schuach gee
is da koid – kumst boid in hiz
bist gaunz fuan – wiast amoi hint schtee
aus an eanst wiad leicht a wiz
bist faliabt – boid wiads da zwida
heit schpringst um – muagn hauts di nida
bist am hund – darfaungst di wida
schiksoi des schpüd koz und maus
und du kumst eam nimois aus

unsa lebm des hod zwa seitn
und du pendlst hin und hea
imma wean si dich begleitn
amoi leicht – daun wida schwea

H a ß i s ' s

Wasd wiari schwiz – bei dera hiz
i man i fakum – fua lauta sun
hob fost nix mea au – ois wiari nua kau
und trozdem is's z'fü – bei dera schwü
da buta is wach und i fü mi so zach
ois is ma wuascht – nua ned da duascht
wia guad hods a fisch – bleibt im wossa gaunz frisch
wandld owi am grund – wo's so kü is und gsund
waun i a nua des kunt!
fua lauta sun – i man i fakum
so a narische hiz – wasd wiari schwiz!

Koid is's

Wasd wosmas schtiad – das mi so friad
i glaub i krepia – fua lauta gfria
i ziach e ollas au – so füli nua kau
und trozdem is zweng – weu de ködn so schtreng
da buta is hoat und i schleif an boat
ois is ma wuascht – sogoa da duascht
wia guad hods a flo – dea fakreut si iangdwo
ea suacht si a schtö – gaunz wiarundawö
wo's woam aussaged – dea is ned so bled
i dads a waun is hed!
fua lauta gfria – i glaub i krepia
das mi so friad – is des wosmas schtiad!

A klane melodii

Es gibt sofü buchschtobm, wöata, gred
wos dad ma, wauma des ned hed
jedoch dea mensch lebt do und duat
faschidn klingt dos gleiche wuat
de schproch is wiara goatnzaun
wo oft a aundra net driwa kaun
du gibst ia d'haund und si sezt schraungn
und bleibst alaa mit de gedaungn
es trift di oft a anzigs wuat
des wiagt im hois und ged net fuat
a aundas wida klingt in dia
a goatngschial folla blia
doch duat, wo's da de red faschlogt
und wo de menschnschproch fasogt
beginnt fileicht ein paradis
fost glaubst, daß ned fon menschn is
a süwaklaung, a klane melodii
de dringt in di, falost di ni
und si fazauwat aundare mit dia
jezt bist du nimmamea alaa wia fria

Das neue Wien

Di zeit faendat sich – si rint dahin
und aus den oidgewontn wiad ein neues Wien
und aus dea wödbekauntn und belibtn harmoni
entschted a aundre schtodt modeana fantasi
und füles wos ma gwend woan schtiazt di neiche zeid
a aundre atmosfeare mocht sich unaufhoitsaum breid
di sogenaunte Wina gmiadlichkeit schtimt lengst nicht mea
schtod den dreifiatltakt kumt gaunz a aundra rytmus hea
wos den tuaristn gfoid is a museum wuan
de Wina söwa owa san aus unsra zeid gebuan
is de fagaunganheid a no so schtoak so wiad doch unsa lebm
de schtodt faendan und a neiches auntliz gebm
doch schtest am koinbeag – sixt den Schteffe mitn in de heisa drin
is doch wos typisches wos bleibt füa unsa neiches – und so oides Wien – –

I LIKE ME

D e z u a g r a s t n (Ein Melodram)

Fua hundat joan sans zu uns kuma
aus Beman haumas miaßn hoin
ois oaweitsficha haumas üwanumma
ois menschn hod si kana woin

und heutzudog sans wida kuma
fom tiafm südn miaßmas hoin
ois oaweitsficha haumas üwanumma
ois menschn, de ma ned sea woin

im feanschprechbiachl kaunst das lesn
du sixt das füfoch drukt und gschribm
de nauman san wia domois gwesn
und san fia uns heit üwablibm

und wida wean x-tausnd dobleibm
und kind – und kindeskinda wean gebuan
im fuaraus mecht i eich des aufschreibm
den wida san draus Wina wuan

wia guad was, wauma drüwa nochdenkt
wea unsare großötan woan
damid uns schpeda jo nix nochhengt
und den heitign fü lad daschpoan

Vorspiel
Fua hundat joan sans zu uns kuma aus Beman haumas
miaßn hoin ois oaweitsficha haumas üwanumma
ois menschn hod si kana woin im feanschprechbiachl
kaunst das lesn du sixt das füfoch drukt und gschribm
de nauman san wia domois gwesn und san fia uns heit
Vorspiel
üwablibm

Der Namenlose

Hea inschpekta – i bin bsoffm
wissn se ned wiari haß?
grod hob i mein schpezi troffm
wett ma – daß deas aned waß

Hea inschpekta – is's ned gfealich
waun i so faluan gee?
one nauman glauwi schwealich
das i in da zeidung schtee

Is nix in da zeidung z'lesn
daß dea bsoffne i bin gwesn
wia soi mi mei oide findn
wia soi si ian schmeaz farwindn?

Glei bricht mia mein heaz entzwei
deng i aun de plazarei
i hob so a zoates gmiad
des dopped disn schmeaz faschpiat

Hea inschpekta – i bin bsoffm
faschoffms ma doch meinen naum
den nua so kaun i no hoffm
iagendwea glaubt mi no zsaum

Bemerkungen der Kontragitarre

Sechs satn san fia mi ned gnua
i brauch noch neine zu de sechs dazua
wos is fia mi den scho a so a E
waun i daun owe kreu zum tiafm G
den waun de gaunze wöd ins wogln kumt
den meistn von de leid da schedl brumt
daun bin i do und hoid mit meine hent
fia olle wias do seits das fundament
auf daß – und wauns es no so dramts
den weg noch hause ned fasamts

P e r c h t o l d s d o r f

Unsa wundaboara uat
kana mecht fon eam mea fuat
is wos bsundas auf da wöd
dad ned tauschn um fü göd –
gaunz am raund fon Österreich
d'bem und ungarn kuman gleich
ligt am obhaung fon de beag
unsa uat ois wiara zweag
owa eascht wea necha ged
sicht daun ollas wos do schted –
gemma glei am moaktploz hin
denn daun samma mittn drin
a drum tuam rogt in de hee
waun i so am moaktploz schtee
und dea schaut goa weit ins laund
bis zum feanan donauschtraund
und fon duat wo d'sun aufged
sigst eam scho das ea do schted
an schteun huat den hod ea auf
passat kana bessa drauf
lustig kla – fost zum faschtekn
san fia zwifen aun de ekn
a drum fensta is de papm
wo de glokn aussa schwapm
mit de brüd ea üwan uat
das ma richtig dearisch wuat
daun an umgaung uman hois
wiaran kropf, so des wa ois
hed boid's ziffablot fagessn
mit den duad ea d'zeit famessn
das ma in da uadnung bleibt
und ned z'fü de zeid fatreibt
üwa eam da himme blau
waun i in de woikn schau
hinta eam fü beag und woid
wias hoid unsan Heagod gfoid
unta eam do schtengan mia
fria amoi a roß und kia –
glei danebm des gotteshaus
füle gengan ein und aus
d'oagl braust – de keazn brent
feialich wia's jeda kent –
dra i mi a bissl um
oide heisa umadum
klane fensta – schife schtiagn
wea duat wont muaß si fabiagn
owa do fia füle leid
de des auschaun is's a freid
's rothaus hia – duat d'apotekn
de lebm guad, waun d'leid farekn
und da pfoahof und da brunn
drad ma si no weida um
Sankt Lenhardi is a gweid
i waß ned ob eam des gfreid –
auf da aundan seitn woa
's schuigebeud fua füle joa
heitzudog is drin de post
wo a jedes wuat wos kost
aussadem de feiawea

wauns wo brent is's a malea –
und dea neicheste bericht
daß ned haßt – daß nix mea gschicht
unsa tuam is renowiat
und auf hochglaunz ausschtaffiat
daß ea so in neua procht
weitahin den uat bewocht

Hochberümt seit d'oidn zeidn
jeda kaun eam sea guad leidn
is dea fübegeate tropfm
foischgerotn – ned aus hopfm
na – aus wossa, sun und schtana
's rinnt wia feia duach de bana
foids eich imma no ned ei
's is da bedaschduafa wei
drast di ausse ausn uat
und hatscht no a schtikl fuat
hüglauf und beaglo
lauta weimbaschtek sixt do
und do woxt da goidne wei
schenkst da wo a fiatl ei
daun deng drau wia kompliziad
aus an schtok da tropfm wiad
fia de haura, one frog
jeda tropfm is a plog
füle tropfm gebm a moß
füle soiche eascht a foß
füle foß de leid fadrogn
wea z'fü sauft, dea gschbiats in mogn
d'musi schpüd in jedn goatn

wea an duascht hod muaß oft woatn
und in winta sans in kölla
a drum schtözn aufm tölla
kas und wuascht glei fon papia
soiche sitn heaschn hia –
host drei fiatl hinta dia
daun löst sich dein geist ois wia
und du dengst, wias friara woa
so fua drei – fiahundat joa
wia de tüakn woan im uat
ois haums umbrocht, daun sans fuat
olle heisa de haum brent
kana hod den uat mea kent
nua da bedaschduafa tuam
dea hod truzt den tüaknschtuam
wos seitdem fia fremde leid
hod dea uat gsegn mit da zeid –
tüakn, russn, bem, franzosn
blaue, rode, greane hosn
kuma sans aus olla wöd
und wauns fuat woan, hod wos gföd!
owa unfawüstlich woa
d'bedaschduafa büagaschoa
amoi unt – daun wida obm
amoi gschtiazt – daun wida ghobm
amoi oam – daun wida reich
ollas hi – daun ollas neich
olle leid san amoi gschtuabm
aundre wida neugebuan
wos so mit da zeid passiat
waun ma drüwa nochschtudiat –

's lebm is wiara ringlgschbü
's drad si wias da Heagod wü
und den tuam hod ea uns gebm
um den drad si unsa lebm
fon da nocht bis in da frua
schüzt ea uns und unsre rua
fon da frua bis auf di nocht
is ea imma auf da wocht
unsa tuam – so hoch und weit
söwa wia d'unschteablichkeit
is füa olle a simboi
und mia fün si mit eam woi
und so bet ma olle zsaum
olle, de an glaubm haum
Heagod – bis zum jüngstn gricht
hüf uns – daß den tuam nix gschicht

Der Mensch ist gut – doch besser nicht

Dea mensch fom menschn oft feakaunt
wiad schimpflich noch an fich benaunt
du off, du ox, du gas, du hund
so schimpft ea mit und one grund
und ea fagißt in seina wut
wi ea den fichan unrecht tut
si haum – de ficha – kwalitetn
de guad wan – waumas ebmso hetn
di schlechtn hauma sichalich
oft schteaka noch ois wiara fich
de guadn owa zu fagleichn
ist meine obsicht – zu eareichn
genügsaumkeit ist eine zia
da esl hod si mea ois mia
wia sötn foids an menschn ein
so treu ois wiara hund zu sein
ea gibt sein lebm füa seinen hean
söbst waun dea bös is – hod an gean
de kozn kuman mia in sin
wos schtekt ned ollas in de drin
sis eana gleich – weas heal ist
man schmeichlt den, bei dem man frißt
und so a koznzeatlichkeit
de üwatrifft den menschn weit
dahea ist eana kindasegn
den unsan haushoch üwalegn
da fisch is gaunz im wossa zaus
kein mensch, ea hoitats so laung aus
da fogl fliagt mit eigna kroft

auch so etwos kein mensch nicht schofft
mia sogn gean, d'hendln san so bled
wos ded ma, wauma de ned hed
i glaub, se san füa uns ein segn
prowiats as, söwa eia z'legn
da Heagod hods befoazugt gebm
de offm haum des schenste lebm
auf bama kraxlns one ploch
des mocht eana so leicht neamt noch
wia oam is unsarans dagegn
ein off zu sein – ein woara segn
doch kuman wo fü menschn zsaum
kaunst leicht an offmziakus haum
des binanlebm beschted aus plog
es gibt kan sun- und feiatog
da fleiß ist iare höchste pflicht
beim menschn ist das meistns nicht
dea honig – den di binan hoin
wiad eana söbstfaschtendlich gschtoin
dessöwe los trifft auch di kua
mia neman d'müch und si schaut zua
und weil das müchgscheft wenich hassat
wiad das produkt fon uns fawassat
wos brauchma ned aun hoiz und koin
den winta soi da teife hoin
ein pöz schüzt healich unsa schof
und maunches fich hoit wintaschlof
doch endlich – ist das nicht ein segn
mia san den schnekn üwalegn
mea ois de schnekn hauma zeit
waun uns a oaweit nimma gfreid

i loß jezt des fagleichn sein
hia fich – do mensch, es bringt nix ein
ich schliße dahea di betrochtung:
und bitt nua eines zua beochtung:
ob fich, ob mensch, es kumt drauf au
wia ana is und wos ea kau
nua ans is sicha – wia ma sicht
dea mensch ist gut – doch bessa nicht

Der Hoffnungsstrahl

Eigntlich sich is jedn doch
und so deng i drüwa noch
deng aun de fagenglichkeit
den da summa is scho weit
nua is iagendwos fon im
wiari hinschau üwablibm
und do gschbiri jedesmoi
sowos wiaran hoffnungsschtroi
daß des gwesene wos i sich
widakumt is sichalich
und i glaub jezt miasst i's sogn
denn es weats mi danoch frogn:

i ziags auf und i mochs zua
kum i ham und in da frua
und es bikt daun iagendwo
a zbrakte fliagn auf da roloo
segns – do gibts ma gleich an riß
weil des fon bedeutung is
den in da fagenglichkeit
ligt a hoffnung de mi gfreid
den de fliagn wean wida kumma
owara da nexte summa
dea fateud daun unta d'leid
aussa fliagn fü lebmsfreid

Der Löwenzahn

De schöpfung woa scho featig gschribm
fü göwe foab is üwrig blibm
und olle küwen woan so foi
„Ea" waß ned – wos a mochn soi
do hod da Heagod a idee
de tuat eam und a uns ned wee
ea schüt de küwen kuazahaund
jeds fruajoa üwa unsa laund
so intensif auf seine weis
und mia segn nix ois eiaschpeis
de binan – di de blia ned woin
miaßn ia glük wo aundas hoin
da mensch jedoch – dea kocht si ei
des soi so guat fian huastn sei

noch fiazen dog ren i duachs föd
und find a gaunz a aundre wöd
den schtod de blia san jezt latean
blost eine – taunzn tausnd schtean.

Die Flöte

Mondlatean – de duach de bama leicht
leachngsaung – dea bis in himme reicht
buaxlbam auf melodin faschtraat
hechste lust – fom obmdwind fawaat
öfmtaunz – dea melancholisch mocht
schtean – de funkln in da summanocht
seidnglaunz – dea unsa heaz faschtrikt
plüschfuahaung – mid süwafedn beschtikt
wos is ned ois aun ana flötn drau
jezt brauch ma nua mea an
deas blosn kau

Der Sänger
(Eine freie Übersetzung ins Wienerische)

„Host du do drausdn den wiawe ned ghead
i dad gean wissen – wea uns so schtead"
des sogt da könig zu seine knecht
„bringts ma den eina – frogts, wos a mecht"
do faungans zum rena au rundamadum
den an schtrads glei hi – a aundra foid um
und wia da bahö am höhepunkt woa
do kumt ea eina – da hamliche noa
ea schtöd si in d'mittn – faschpreizt seine hent
faungt daun zum kian au – und wogld mit d'zent
und schreit so laut – da könig wiad bloß
füle san griad – maunche hosn wiad noß
da senga – dea singt fon da liab – fon da treu
fom foigenden ehschtaund – dea faschpeteten reu
ea singt wos es gibt fias heaz und fias gmiad
und ea singt imma weida, de leid wean scho miad
den senga, den gfoids so – ea bliwat gean do
doch da könig eahebt sich und wachld boid o
„i gawat eam d'kedn – doch mia foids grod ei
waun den no wos hüft – nua a bitschn foi wei
bringts eaman ausse – de brukn mochts zua
ea hod sein wei – und mia haum a rua"

Der Gang nach dem Eisenhammer

A klassa buasch woa Fridolin
und hod nix aundas in sein sinn
ois ebm de grefin fon Sawean
do zfraunzt ea si, ea hod si gean
und fon da gaunzn dinaschoft
woa Fridolin de beste kroft
da Fridolin schuft ned umsunst
ea waß, ea schteigt in iara gunst
ea schteigt so hoch, daß ea fagißt
das des den aundan zwida ist
den waun si ana zu laung gfreid
eawekt ea in de aundan neid
da Robeat woa ein solcha wicht
daß ea den grof mid nodln schticht:
„de grefin und da Fridolin –
s'is ned so weit – doch immerhin
fois es so bleibt kunts do passian
da Fridolin kunt si fafian"
o Fridolin, o Fridolin
dei schene zeid si ist dahin
de zeid da easchtn schweamarei
du bist entdekt, si is fuabei
da grof, ea zid di schtiane kraus
und schtiazt in weißglut ausn haus
schtiazt weita – is des ned a jauma
in seinen woid zum eisenhauma
dos eisn wiad duat gliatad gmocht
de knechte schuftn dog und nocht
de funken schpukn himmeweats

des haße feia hod ka heaz
da grof sogt jezt zu so an knecht
wos i dia schoff, faschte mi recht
den easchtn, den i zu dia schik
dea si farot duach meine trik
dich frogt, mein knecht, is's jezt so weit
den schnopst, es is daun hexte zeit
und schmeißt eam mittn in des feia
so bin i los den foischn freia
da grof reit ham, schreit „Fridolin"
dea rent glei zu den grofm hin
„zum feiaofm renst sofuat
und bist in fünf minutn duat
daun frogst de knecht, is's jezt so weit
de autwuat kumt zua gleichn zeit"
o Fridolin, o Fridolin,
jezt renst direkt ins unglük hin!
da Fridolin, grod foids eam ei
ea ged no zu da grefin nei
„kaun i da grefin wos besuagn
i deds gean glei und ned eascht muagn"
„drei fatarunsa soist du betn
des wiad dei söl und meine retn"
dea wunsch, dea is zwoa sondaboa
do ea faschbrichts, weus d'grefin woa
de fatarunsa foin eam schwea
das ea de bet hod, laung is hea
im woid, beim matal kniat ea nida
prowiat des betn imma wida
a hoiwe schtund – s'kaun lenga sei
daun foid eams fatarunsa ei

des bet ea so wia d'grefin wü
mit folla aundacht und gefü
de zeit farent – jezt foids eam ei
ea soit scho lengst bein ofm sei
so rent a das de luft faged
so laung, bis ea beim feia schted
„He knecht, is alles wohlgetan"
so brüt ea glei den nextn an
„s'is ois so, wias da grof befoin
es röst scho ana in de koin"
da Fridolin faschteds zwoa ned
doch wiara zruk zum grofm ged
is dea entsezt und weiß im gsicht
und sondaboare woat ea schpricht
„wo is da Robeat" keicht ea schwea
„gibts den den Robeat nimmamea"?
„i hob den Robeat niagns wo gsegn
fileicht is eam a unglük gschegn"
O heulicha Pongratius
de gschicht ged weida bis zum schluß

da grof faflucht den Fridolin
„du soitast schnö zum feia hin
indessn woast du so famessn
und host mein auftrog gaunz fagessn"?
„ich hob den auftrog nicht fagessn
auch woa ich nimois nicht famessn
ich soit drei fatarunsa betn
und nochhea eascht den woid betretn
ich schwöas – des ollas wuat füa wuat
hod d'grefin gsogt, daun bin i fuat"
den grof faschlogts de red so sea
und hoid de grefin sofuat hea
ea nimt de haund fon Fridolin
und hoid si zu da grefin hin
„du Fridolin, du treua knecht
faea de grefin – mia is's recht
und nia im lebm wea i mea schwaunkn
weda im wuat, noch in gedaunkn"
– o Fridolin, o Fridolin
jezt hod dei lebm eascht an sinn –

Dos supmhun

An einen freitog nochmitog
noch ana wochn folla plog
und weili lenga dafon dram
bring ich ein supmhendl ham
ein supmhendl fon dea oat
wia buttanokaln extrazoat
das wiad ein sontag wi noch ni
foll poe- und foll fantasi
schon saumstog schtön mias hendl zua
den sonntogs wü man seine rua
drei schtunden is's jezt in da rein
i glaub – es miaßt schon featig sein
doch wiari schau – is's noned wach
i hoff – des hendl bleibt ned zach
„moch da wegn sowos kane suagn
wos heit ned is – wiad fileicht muagn
mia haum doch eine daumpfmaschin
in dera schtömas hendl hin"
am suntog zeitlich in da frua
den dise gschicht loßt uns ka rua
schtön ma des zache hendl hin
in dea besagtn daumpfmaschin
es zischt den gaunzn fuamitog
a wunda – wiari des eatrog
doch hoit di hoffnung mich am lebm
es wiad ein zoates hendl gebm
doch wiastas kochst – es wiad ned wach
des bibihendal – des bleibt zach
„schtön mia in unsra daumpfmaschin

den zachn fogl nochmois hin"
da dekl zidat – 's daumpft und schpukt
i und mei oide wean farukt
es wiad scho fiatl – hoiwa drei
mit meine neafm is's fuabei
ich bin schon im delirium
waun i ned boid zum fressn kum
i reiß den dekl in di hee
damit i bessa eine see
i kost's – es is no imma zach
dea oide kraumpm wiad ned wach
wos mocht ein mensch in seinen jaumma
ea nimmt foi zuan an fuaschloghaumma
zalegt des fich in füle trimma
doch leida – hoat bleibm si noch imma
am liabstn foaratst in di luft
nix z'fressn trotz den hendlduft
man resigniat und inhaliat
damit ma wos fom hendl gschbiat
mei filosofische begabung
woa füa die koz bei disa labung –
– und di moral fon dera gschicht
kauf jo kein supmhendl nicht
doch wenn schon – fiazen dog fuahea
nua so easchpoast dia mein malea

Die Atrixcreme

De atrixgrem ged ma so o
si is fabraucht – 'sis kane do
de grem is sofü guad füa d'hent
dis zua eaklearung – fois wea ned kent
im großmoakt sois so büllich sei
i schtek ma tausnd schüling ei
des gibt a wundaboares gfü
i kent ois kaufm – fois i wü
doch wüli nua a atrixgrem
foast hin min auto – hosts bequem
a haufm wagln schten bereit
i nimm ma ans – zum zeitfatreib
so foari in dos paradis
wos ollas gibt – wos büllich is
und wos's ois gibt – ma brauchts nua nema
i muaß scho sogn – 'sged niagns bequema
zwa healich rode bettfualega
a duzad bunte hosntrega
und glopapia in risn roin
do brauch i joarelaung kans hoin
und kölnischwossa paketiat
dasma kan üblen gruch faschpiat
und saf füa olle lebmslogn
ois duzatweis, i brauchs ned trogn
ein plastikkübel rosarot
in schtaniol das knäkebrot
ein binanhonig dea Tüakei
a kochrezept is a dabei
und gschiahaundtiachln paklweis
und puifa füa wanilleeis

daun bodeschuach – zwoa klane numma
doch sans so büllich – i hobs gnumma
und whisky, dea sunst sofü kost
damit de schtimmung ned farost
i foa min wagl kreiz und quea
schtopf eine – es wiad imma mea
jezt schluß, es ist scho bladlfoi
zua kassa – wo i brandln soi
und hob i des ned fein bedocht
weu oiszaum tausnd schüling mocht
des haßt, es san fümf schüling mea
doch is des schlislich ka malea
jezt ollas in mei auto gschlicht
sche zsaumgschtöd, das jo nix zabricht
und wiari endlich ham bin kumma
howi de scheze aussagnumma
da uadnung hoiwa kontroliat
ein sondaboares gfü faschpiat
es kents den schrekn nicht eamessn
i hob de atrixgrem fagessn
und glaubts mas – schuidbewußt schleich i
zu meinen greisla wisawi
„wi imma eine atrixgrem
ia gscheft is noh von mia und so bequem"
ea frogt mi, ob i sunst nix kauf
do weiß ich keine auntwuat drauf

GROSS
MARKT

Da flokal

Schau, da flokal rent in kras
daß si dea nix bessas waß
schau do hi, wia dea si dukt
du i glaub, dea is farukt
flokal, wöz di ned in saund
heast, dea hund mocht uns a schaund
wusch, wia dea auf amoi rent
grod aso ois obs wo brent
schau, wias den auf amoi reißt
sixt des ned, wiara si beißt
und jezt schpringt ea in di hee
du i hobs, des fich hod flee!

Dea massnmoad am dromookastl

Gestan zwischn ocht und neine
kaum geri ins zimma eine
ist ein moad passiat
ana is krepiat
und ein zweita bluatfaschmiata
und noch maunchalei lediata
schtüazt darschrokn auf de schtrossn
und ein möada schted gelossn
reisst das follgeschtopfte poatmonee
fon den dodn in di hee
„dises – meine liben leute
ist die beute"
olle di an möada kennen
wissn dass de möada rennen
drum ist disa unumwundn
in dar finstarnis farschwundn –
so gescheen in meinen zimma
nicht nua gestan sondan imma
wida kumt dea wüde schrekn
aus da linkn oda rechtn ekn
schtreng nach zeitgelenktn listn
eleganter feanseekistn
wos i noch an moad faschpia?
healich schlottan meine knia
und de aungst schleicht in de glida
und duachzukt mich imma wida
wi ein moad wenn auch eadocht
unsarans fil freude mocht
dasimi dafaunga kau

schaurima wos aundas au
auf dea welle numma zwei
hol i mia wos leichts heabei
senga beidalei geschlechtes
ollas aundre nua nix echtes
singan in das mikrofon
one ton
doch midn hintan desto mea
woglns sea

d'neafm fon fuahea runiat
wean jezt nochmea schtrapeziat
des program ist ein malea
heute schpüns kan krimi mea
und so drari schlislich o
siz a weu im finstan do
huach dabei in olle ekn
wo de möada sich faschtekn
moch daun liacht – schau in de zeitung
olla toge kaasfeabreitung
endlich find i daun de listn
das program dea feanseekistn
neualich wiad es schtudiat
waun dar nexte moad passiat
üwamuagn um fiatl neine
kuman wida möada eine
hoffendlich fü bluatfarschmiate
aundre leicht und schwea lediate –
obs ma gfoin wiad, woins mi frogn?
sicha guad – wauns fü darschlogn

Füa de schnöfoara

O krist hoit ein – foa nicht zu schnö
den sunst darschtest di auf da schtö
und foist du dises nicht bedenkst
mit foigas deine kraxn lenkst
daun foast ned wia da Heagod wü
da teife is mit dia in gschbü

O krist hoit ein – foa nicht zu schnö
den sunst darschtest di auf da schtö
wos host fon schenstn rettungswogn
wauns di darschtessn einitrogn
da dodngrowa schted bereit
dea grobt dei gruabm füa d'ewichkeit

O krist hoit ein – foa nicht zu schnö
den sunst darschtest di auf da schtö
und host du dises nicht bedocht
gibst ned auf di und d'aundan ocht
da himme wiad di nimois woin
da teife wiad di üwahoin – – – –

Älterer Typ
Sie lieben lederne Lenkräder
Gewesener Schnöfoara
Trauriger Schutzengel
URNE
33
Eine
> Junge <
mit Windkanal-Brust
CLUB
33
n
Schöfoara
entspannt, lässig

E r i n n e r u n g e n

I hob in meina jugendzeit fü madln kent
und wegn de schenan augn fü zeid farent
i hob des eftan a mei heaz faluan
bei ana bin i schlislich hengad wuan
und maunchmoi deng i ma wia des woi ded
waun i schtod „meina" ane von de aundan hed
wie wan de kinda, deng i, mid de aundan wuan
wegn meine mid da meinen hob i de faluan
ma kaun ned ollas haum wos ma gean mecht
doch drüwa fantasian und drama is ned schlecht
und waun i dram – sich i wias amoi woan
fua zwanzig – dreißig – mzig joan
i sichs fua mia – de blaun augn und de blondn hoa
und daun a aundre – de fü dunkla woa
und daun a dritte mid da zoatn haut
do hed i boid a bisl ztiaf ins glasl gschaut
nua woa de liab zu meina zeit – i schwöas – in folla ea
und wauns a bissl drüwa woa – des schtöad heit nimaund mea
nua maunchmoi trif i zufoisweis iagndane no fon fria
do sicht ma wia de zeid farent und a de easchte blia
daun deng i ma – wan kana noch – du host jo nix fasamt
den bessa ois de wiaklichkeit is nua des wos ma dramt
und söwa hod ma a faluan – i man ned grod aun gwicht
weu des sich sea fabessat hod – darüwa schpricht man nicht

Schmuck hebt ihren weiblichen Wert
Heute liebt sie Bridge und Zigaretten

April

Ned gsodn und ned brodn
dahea nua hoiwad grodn
is dea Aprü
wea waß des wos dea wü?

scheint d'sun – kumt glei a weda
daun schneibts und hoglds schpeda
so das i mi fakü
des ollas im Aprü

ma soit de zeit fadrama
ma ded jo nix fasama
und hed a bessas gfü
im narrischn Aprü

drum loß das ned fadriaßn
und soitst a fufzgmoi niaßn
es kumt da monat Mai
auf den i mi scho gfrei

Da nogl

I bin no im wigl-wogl
soit i wegn an bledn nogl
leare seitn frisch beschmian
do i glaub – i soits prowian

den es is so simptomatisch
sichalich nicht sea simpatisch
daß ea nua duach di gewoit
söwa oda iagndwos hoit

söwa is ea nokt und blos
scheinboa hoam- und aunungslos
und eascht duach de haummaschleg
drengt ea iagndwo iagndwos weg

duach de schleg di mia eam gebm
wiads ein kaumpf auf tod und lebm
söbst in heatares geschtein
schtest ea duach de schleg hinein

maunchmoi is ea wia falogn
bleibt ned grod und wiad fabogn
doch daun ist sein lebmszwek
weatlos und man schmeißt im weg

doch denk drau, bei Jesus Christ
wia dea nogl schuidig ist
in ein menschnfleisch getribm
is ea unfabogn blibm

Die Orgel

Menschsein eadnschwea
schon fom uaschprung hea
doch da glaubm eawekt
wos im menschn schtekt
wiad im schwea ums heaz
schaut ea himmeweats
schaut auf aundre schtean
duat kunt hüfe wean
is da mensch fazogt
und de schproch fasogt
hüft a aundra klaung
fost a englgsaung
oboen, trompetn
füie klaungfassetn
daun posaunenschwea
rauschts ois wiara mea
trost aus aundra wöd
di uns menschn föd
zeascht no eadnschwea
gschbiast jezt fost nix mea
und da mensch entschwebt
dea den klaung ealebt
noh san jezt de schtean
de fuahea so fean
glük und sölichkeit
sensucht wötnweit
endlich wast wosd bist
Gelobt sei Jesus Christ

November

A zoata schleia ligt üwa da schtod
ma sicht ois faschwumma, s'is eigntlich ned schod
denn sechat ma deitlich de schoafm kontuan
daun gang da fawoschene eindruk faluan
Nofemba, a monat, dea eigntlich neamt gfreid
ea bringt so a unrua unta de leid
zeascht ged ma am fridhof und schneizt si faschtoin
und denkt si dabei, waun weans di aussehoin
daun foid da bein hamgee wos gaunz aundaschts ei
in a boa wochn soi weinochtn sei?
i deng aun des gwiaxt – den es schted uns befua
und nimmt uns scho wochnlaung fuahea de rua
de luft schmekt so fad und de bladln lign drunt
de zeid, i fasamats, waun i nua kunt

Advent

Bleib amoi schtee und schauned auf d'ua
gwuaschtld und gweakld host 's gaunze joa gnua
bleib amoi schtee und deng wia des woa
wiast du no kla woast – 'san etliche joa
woa ollas richtig bishea in dein lebm
hod dia des schiksoi wost woitst ollas gebm?
deng amoi noch – wias jezt schted in dein lebm
host – wost faschprochn host – a ollas gebm?
deng amoi noch – und es kumt deine zeit
heit oda muagn – fileicht is's a no weit
bleib amoi schtee – fileicht schwingt wos in dia
söliche kindheit – a schimma fon fria ...

Es hod si faschtekt...

Olle san narisch – mia renan und hostn
nimaund hod zeid an augnblik zun rostn
schwa san de pakln und se wean imma mea
de auto san augramt – es schtokt da fakea
in de kaufheisa wualds – d'leid kaufm wia wüd
schtaniolschtean de glizan und schloga wean gschbüd
doch de wiaklichn schtean san fon nebe faschtekt
so schwea sans zum segn den de luft is fadrekt
und da mond is entloaft – mia gen drobm schpazian
und woin imma weida – zabrechn si's hian
den de eadn wiad z'kla – es frißt ana den aundan
san planetn no frei? wohin soima waundan?
bei uns auf da eadn geds drunta und drüwa
laung dauats ned und des hefm ged üwa
wia oft mia no feian – wea kaun uns des sogn?
mia miaßtn – so glauwi – des Christkindl frogn
nua leida – des Christkindl wiad uns ned hean
es hod si faschtekt hinta d'weidastn schtean
gaunz traurig schauts owa auf uns narische leid
mia gschbians bis do hea – mid uns hods ka freid –
schmeißts weg oi den krempe – fahoits eich gaunz schtü
und heats auf des Christkind – wos eigentlich wü ...

Des muagige

Des muagige ist ein problem
wiads zwida – oda aungenem?
brokt dia des schiksoi iagndwos ei
wiast lustig oda traurig sei?
ligt scho des heutige wiarinan dunst
fost zweifest – dasts darpokn kunst
doch eascht des muagige is wiara schleia
ein unduachschauboas ungeheia
gedaunkn kreizn duach des hian
wiast gwina – oda wos falian
und is de zeit – de ma fatreibt
füa iagndwos guad – wos üwrig bleibt?
de zeit kumt unaufhoitsaum auf di zua
gean schiwat ma an rigl fua
doch hoit – fileicht is wos dabei
auf wos i woat – wori mi gfrei
und dise zeit – de ma faschpiat
wiad duach dein heazschlog diwidiat
de rechnung – de ged iagndwia auf
am bestn is's – ma woat ned drauf.

Dies irae

Es soitma eigntlich wuascht sei – wea meine nochban san im massngrob
waun de – de fileicht üwrig bleibm mi einehaun
den waun i nua drau deng – so aun des fette, zidriche aschpik
de laungan gfeabtn hoa und de fadradn wassarign augn
do deds mi beidln, dasi wida munta wuatat oisa doda
den das ea kumt, dea rode saund, dea schwoaze nebe und dea göwe wind
des waß i ebmso sicha ois das des schtroo im menschnhian nimois fabrent
drum sizat i fü liawa unta iangd an bam
dea zwoa kan schotn nima gibt – des kape tiaf ins gsicht und gaunz alanich
lewentich oda dod in dea faschtaubtn laundschoft
wo nix mea woxt und woxn kau
und schauat zua – wia das dea rode saund, dea schwoaze nebe und dea göwe wind
de leztn bladln unsara geschichte fuatwaat oda zuadekt
nua de ealeichtarung, das nix mea kumt und kuma kau füa mi – ded üwrig bleibm

INHALTSVERZEICHNIS

Mir ist so fad
ER IST PROGRESS
HEURIGEN
GOTT HAB SIE SEELIG
JA ZU MEINER ZEIT
Die heutige JUGEND
SIE DENKEN NICHTS